Julia, la fée du jeudi

Pour Thea Rose Killacky Wheeler,
Avec beaucoup d'amour.

Un grand merci à
Sue Mongredien

Catalogage avant publication
de Bibliothèque et Archives Canada

Meadows, Daisy
Julia, la fée du jeudi / Daisy Meadows ;
texte français de Dominique Chichera-Mangione.

(L'arc-en-ciel magique. Les fées des jours de la semaine ; 4)
Traduction de: Thea the Thursday fairy.
Pour les 6-9 ans.

ISBN 978-1-4431-1101-0

I. Chichera, Dominique II. Titre. III. Collection : Meadows, Daisy.
Arc-en-ciel magique. Les fées des jours de la semaine ; 4.

PZ23.M454.Ju 2011 j823'.92 C2011-900379-1

Édition publiée par les Éditions Scholastic,
604, rue King Ouest, Toronto (Ontario) M5V 1E1

5 4 3 2 1 Imprimé au Canada 116 11 12 13 14 15

Julia, la fée du jeudi

Daisy Meadows

Texte français de Dominique Chichera-Mangione

Éditions SCHOLASTIC

Le palais du Royaume des fées
La Tour du temps
Le lac des quatre vents
La ville
L'aquarium de Villerville
Le grand magasin de jouets
La fontaine
Le studio de danse

Le château
de glace du
Bonhomme
d'Hiver
e Livre
es jours
Le centre
communautaire
AUJOURD'HUI, ATELIER D'ARTISANAT
LE CENTRE COMMERCIAL DE L'ARC-EN-CIEL
L'école de Combourg
TOURNOI RÉGIONAL
Le parc
La Tour
de l'horloge

Le vent souffle et il gèle à pierre fendre!
À la Tour du temps, je dois me rendre.
Les gnomes m'aideront, comme toujours,
À voler les drapeaux des beaux jours.

Pour les humains comme pour les fées,
Les jours pleins d'éclats sont comptés.
La rafale m'emmènera où je l'entends
Pour réaliser mon plan ignoble dès maintenant!

Table des matières

— Un récif tropical, un navire englouti, des hippocampes, des loutres marines, des araignées de mer géantes du Japon, des requins de récif... Super!

Rachel Vallée lève les yeux de la brochure colorée qu'elle a dans les mains et adresse un sourire à son amie, Karine Taillon.

— Ce sera absolument fantastique!

Les deux fillettes vont passer la journée à l'aquarium de Villerville avec les parents de Rachel. Karine reste chez Rachel pendant la semaine des vacances scolaires, et elles vivent des moments très exaltants. Des moments… magiques, aussi!

— Nous vous retrouverons ici à quatre heures, dit Mme Vallée lorsqu'ils pénètrent dans le hall d'entrée. Amusez-vous bien!

— D'accord, répond Rachel avec enthousiasme.

Puis elle regarde les personnes qui l'entourent.

— On dirait que personne ne s'amuse vraiment, chuchote-t-elle à Karine.

Cette dernière regarde autour d'elle. Rachel a raison. Beaucoup de personnes sont venues visiter l'aquarium, mais elles ont toutes l'air maussade.

Elles entendent un jeune garçon marmonner :

— De toute façon, je n'aime pas les poissons. Pourquoi sommes-nous venus?

Rachel et Karine se lancent un regard entendu tandis que les parents de Rachel se

dirigent vers le premier aquarium.

Elles savent très bien pourquoi l'ambiance est si morose. C'est parce que le drapeau du jeudi a disparu!

Rachel et Karine sont amies avec les fées. Toute la semaine, les deux fillettes ont été occupées à aider les fées à résoudre un gros problème. Le méchant Bonhomme d'Hiver a volé les drapeaux des fées des jours de la semaine. Ainsi, les fées ne peuvent plus répandre leur magie dans le monde des humains. Le Bonhomme d'hiver a emporté les drapeaux dans son château, mais il s'est vite rendu compte de son erreur : ses gnomes s'amusaient tellement qu'ils avaient complètement cessé de travailler! Dans un accès de colère, le Bonhomme d'Hiver a lancé les drapeaux dans le monde des humains. Maintenant, Rachel et Karine doivent aider les fées à les retrouver.

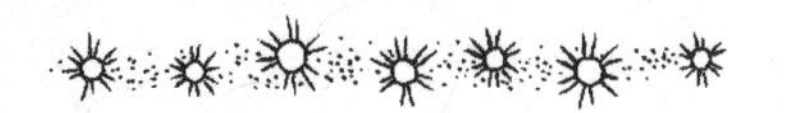

Cependant le Bonhomme d'Hiver ignore que les petits gnomes espiègles essaient, eux aussi, de récupérer les drapeaux!

Karine se tourne vers Rachel et lui murmure :

— Il faut que nous trouvions ce drapeau du jeudi avant les gnomes pour redonner de l'entrain à tous ceux qui sont ici!

— Certainement, acquiesce Rachel. Mais tu sais ce que disent les fées : nous devons laisser la magie venir à nous. Pourquoi ne pas jeter un coup d'œil à quelques aquariums?

Elle ouvre le plan qui se trouve à l'intérieur de la brochure et Karine se penche pour mieux voir.

— Oh! Des hippocampes! J'adore les hippocampes, dit Karine en montrant du doigt une photo.

— Allons vers le récif de corail alors, suggère Rachel. C'est là que sont tous les hippocampes.

Les fillettes empruntent un long couloir bordé d'aquariums. Elles s'arrêtent pour admirer le gros poisson-ange violet et orange qui se faufile partout avec élégance, le poisson-papillon jaune et blanc qui s'élance ici et là, et le poisson-clown orange et blanc qui nage en faisant des cercles.

— Voilà les hippocampes! s'écrie Rachel en s'arrêtant devant l'aquarium suivant.

Karine et Rachel observent toutes les deux à travers la vitre les magnifiques créatures rouges et jaunes qui sautillent comme de minuscules dragons. Il y a des rochers et des coraux au fond de l'aquarium et de grandes algues vertes derrière lesquelles les hippocampes semblent aimer se cacher.

— Oh là là! s'écrie Karine. Celui-ci vient de changer de couleur. Il était jaune et maintenant, il est noir!

— Formidable! répond Rachel en lisant la plaque d'information. Ces hippocampes peuvent virer du noir ou du gris au jaune ou au rouge. Trop cool!

— Et regarde... des bébés hippocampes! s'extasie Karine. Ils sont tellement adorables. Les vois-tu?

Soudain, Karine entend une voix sympathique derrière elle :

— Savez-vous que, chez les hippocampes, c'est le papa qui porte les petits et non la maman?

Les fillettes se tournent et voient un employé de l'aquarium qui leur sourit.

— Vraiment? demande Rachel, intéressée. Je ne le savais pas.

Le guide raconte alors aux fillettes que les hippocampes femelles se battent pour avoir l'hippocampe mâle au plus gros ventre!

— C'est là que se trouve la poche incubatrice chez les mâles, explique-t-il. Donc, plus le ventre est gros, meilleur est le père, mais cela n'est vrai que pour les hippocampes!

Karine hoche la tête et Rachel rit, mais elle voit bien que son amie est légèrement distraite. Karine regarde fixement à l'intérieur de l'aquarium et ce n'est que lorsque le guide s'éloigne qu'elle se tourne vers Rachel, les yeux brillants.

— Regarde qui est là! murmure-t-elle en montrant l'aquarium du doigt.

Rachel regarde dans la direction que lui indique Karine et un sourire illumine son visage. À l'arrière de l'aquarium, une petite fée souriante chevauche un hippocampe jaune avec des taches bleues. Elle fait de grands signes pour attirer l'attention des fillettes.

Une fée aquatique

— C'est Julia, la fée du jeudi! souffle Rachel, d'une voix pleine d'entrain. Bonjour, Julia!

Les fillettes ont déjà rencontré les sept fées des jours de la semaine. En effet, lundi dernier, elles ont été magiquement transportées au royaume des fées.

Julia guide son hippocampe vers les fillettes et sourit.

Elle a de longs cheveux blonds et elle porte une robe à manches longues, couleur lilas, ornée d'une ceinture blanche. Un magnifique pendentif en améthyste scintille à son cou.

L'hippocampe de Julia flotte directement vers la vitre et Julia raconte quelque chose aux fillettes en montrant quelque chose derrière elles.

Malheureusement, la vitre de l'aquarium est tellement épaisse que Rachel et Karine

n'entendent pas ce qu'elle dit.

— Qu'est-ce qu'elle veut nous montrer? se demande Karine à haute voix en se retournant pour voir. Ah! À ton avis, veut-elle nous faire comprendre que nous devrions aller la rencontrer là-bas?

Rachel regarde vers l'endroit que montre Karine. Une grande sculpture représentant un hippocampe s'élève dans un coin de la salle, près d'un aquarium rempli d'anguilles argentées.

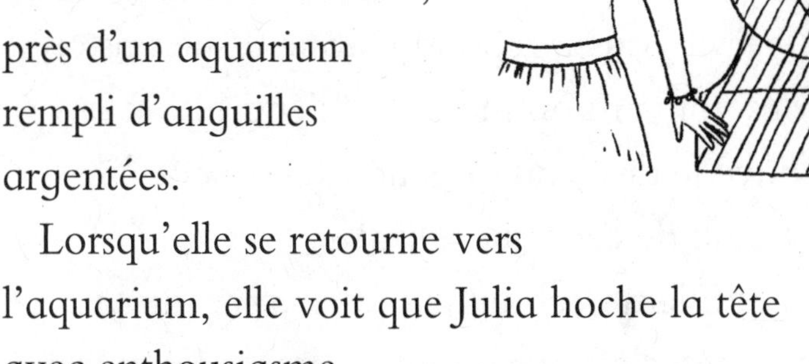

Lorsqu'elle se retourne vers l'aquarium, elle voit que Julia hoche la tête avec enthousiasme.

— On dirait bien, répond Rachel en souriant.

— D'accord, Julia, nous allons te retrouver là-bas dans une minute!

Les deux fillettes s'empressent de se rendre près de la statue, heureuses à l'idée qu'une autre aventure féerique est sur le point de commencer.

— J'ai hâte de lire le prochain poème du Livre des jours, dit Karine à voix basse.

— Moi aussi, répond Karine. Espérons qu'il nous donnera un indice sur l'endroit où se trouve le drapeau du jeudi. Il est peut-être dans un de ces aquariums!

Les fillettes échangent un sourire. Le Livre des jours n'est pas un livre comme les autres. Francis, le gardien royal du temps, le consulte

pour vérifier la date du jour et savoir quel drapeau hisser sur le mât du royaume. Mais depuis que les drapeaux ont été volés, chaque jour, une nouvelle énigme est apparue par magie dans le Livre des jours. Jusqu'à présent, les énigmes ont aidé Rachel, Karine et les fées à retrouver trois drapeaux.

— Rechercher les drapeaux est la chasse au trésor la plus amusante au monde, lance Karine d'un ton joyeux. C'est…

Mais Rachel interrompt son amie en lui donnant un coup de coude et lui souffle :

— Je viens de voir un gnome! Regarde, il fait de la plongée parmi les anguilles!

Karine et Rachel se cachent derrière la sculpture de façon à ce que le gnome ne puisse pas les voir. Il nage à la surface de l'eau. Il porte un masque de plongée et de grandes palmes. Heureusement, il n'y a personne dans la salle, qui risquerait de le remarquer.

— Il doit croire que le drapeau du jeudi est dans cet aquarium, dit Karine à voix basse. Le vois-tu quelque part, Rachel?

Les deux amies cherchent attentivement le drapeau féerique aux couleurs étincelantes, mais elles ne voient rien.

Au même moment, un scintillement se produit près de la sculpture et Julia apparaît dans un tourbillon d'étincelles roses.

— Bonjour, dit Rachel.

Elle observe curieusement la fée qui sourit.

— Je pensais que tu serais mouillée après ta baignade dans l'aquarium, mais tu es toute sèche! constate-t-elle d'un air surpris.

— Et comment peux-tu respirer sous l'eau sans casque à bulles? ajoute Karine. Lorsque nous sommes allées sous l'eau avec Jade, la fée des vacances d'été, nous avons utilisé des bulles magiques. Mais toi, tu ne sembles pas en avoir besoin.

Julia cligne de l'œil en faisant tournoyer sa baguette entre ses doigts.

— La magie des fées est une chose formidable, répond-elle dans un éclat de rire.

— Heureusement que tu es là, ajoute Rachel. Regarde qui est dans cet aquarium avec les anguilles!

Julia se retourne et voit le gnome qui nage, mais cela ne semble pas la préoccuper.

— Ne vous inquiétez pas, dit-elle aux fillettes. Il ne trouvera rien là. J'ai déjà vérifié tous les aquariums de cette salle et le drapeau du jeudi n'est dans aucun d'eux.

— Mais il est à l'intérieur du bâtiment? s'empresse de demander Karine.

— Oui, répond Julia. Nous allons devoir être très prudentes parce que nous ne sommes pas les seules à le chercher. Il y a des gnomes partout!

Rachel et Karine regardent nerveusement autour d'elles. Elles ne veulent certainement pas qu'un des gnomes en train de rôder s'aperçoive qu'elles sont elles aussi à la recherche du drapeau du jeudi!

Lorsqu'elle est sûre de ne pas se faire entendre, Rachel se retourne vers Julia et lui

demande :

— Est-ce qu'un nouveau poème est apparu dans le Livre des jours?

Julia acquiesce d'un signe de tête et réplique :

— Francis me l'a lu ce matin.

La fée baisse la voix et récite le poème :

Hippocampes, tortues et requins à profusion...
À l'aquarium, le drapeau est camouflé.
Cherchez parmi les magnifiques poissons,
Et sur le dos de la baleine vous le trouverez.

— Sur le dos de la baleine… répète Karine d'un air pensif. Rachel, y a-t-il des baleines dans cet aquarium?

Rachel déplie la brochure et vérifie rapidement.

— Il y a un aquarium avec des requins-baleines non loin d'ici, déclare-t-elle. Le drapeau se trouve peut-être là-bas.

— Allons voir! s'écrie Julia en se glissant furtivement dans la poche de Karine.

Les requins-baleines se trouvent dans la salle suivante. Après le petit aquarium des hippocampes, il paraît énorme et s'étend sur toute la surface d'un mur.

— Regarde comme les requins-baleines sont énormes! s'exclame Rachel. Ce n'est pas étonnant qu'ils aient besoin d'un si grand aquarium.

— Ces deux-là s'appellent Charlie et Chloé et ils mesurent plus de six mètres de long, dit Karine en lisant le panneau d'information près de l'aquarium. Les requins-baleines sont les plus gros poissons des océans. Ils peuvent

mesurer jusqu'à quinze mètres de long.

Rachel observe les majestueux requins-baleines qui évoluent dans leur aquarium. Ils sont gris foncé avec des taches jaunes et des rayures. Mais il n'y a pas de drapeau des jours de la semaine sur leur dos.

— Peut-être que le drapeau est tombé au fond de l'aquarium, suggère-t-elle.

Les trois amies s'approchent pour mieux

voir. Le fond de l'aquarium est recouvert de sable, avec des bouquets d'algues brunes et des rochers entassés çà et là. Des bancs de poissons de toutes les couleurs nagent autour des requins-baleines, pas du tout effrayés par la taille de leurs voisins.

— Oh! souffle soudain Julia de la poche de Karine d'où elle observe la scène. Regardez!

Karine observe attentivement l'aquarium en espérant que Julia a repéré son drapeau, mais ce n'est pas le cas. Ce qu'elle a vu, ce sont deux plongeurs qui ont des masques sur le visage et des bouteilles d'oxygène sur le dos.

Les plongeurs ont de grands pieds verts et de longs nez pointus.

— Oh non! s'écrie Karine en comprenant de qui il s'agit.

— D'autres gnomes! gronde Rachel. Ils nous ont devancées!

— Qu'ont-ils trouvé? demande Karine, consternée.

Elle vient de voir l'un des gnomes plongeurs tirer sur quelque chose de rose, coincé entre deux rochers.

Le gnome fait signe à son ami de s'approcher. Ce dernier vient l'aider, mais bouche la vue, ce qui empêche les fillettes de

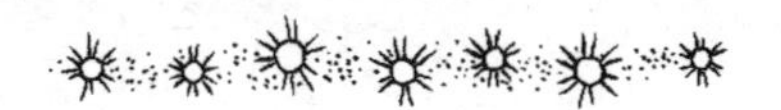

bien distinguer ce qui se passe.

Les deux gnomes tirent avec empressement sur ce qu'ils ont trouvé et le visage de Julia s'assombrit.

— Oh non! souffle-t-elle. Mon drapeau est rose. Je crois qu'ils l'ont trouvé... le drapeau du jeudi!

Les fillettes et Julia retiennent leur souffle tandis que les gnomes tirent d'un coup sec. Finalement, les rochers s'écartent et le premier gnome lève la main en signe de victoire. Mais son regard triomphal s'éteint rapidement. En effet, ce qu'il tient dans sa main est un morceau d'algue rose. Ce n'est pas du tout le drapeau du jeudi! Son ami lui donne des coups de coude rageurs en secouant la tête. Alors, le premier gnome, froissé, lance le bouquet d'algues. Il est évident qu'ils ne sont pas contents.

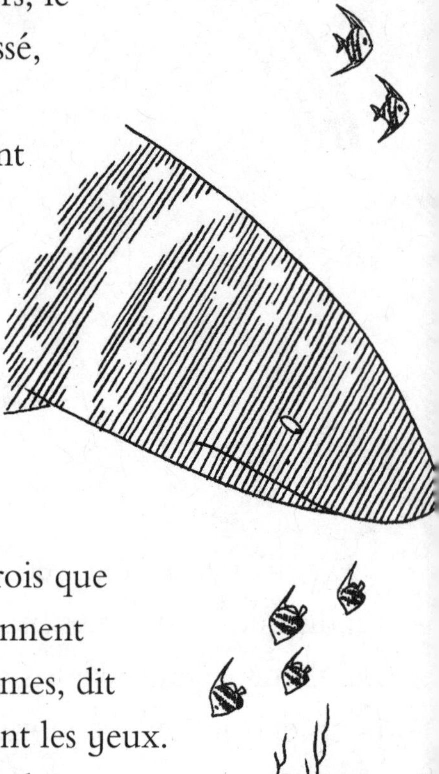

— Dieu merci, ce n'étaient que des algues, dit Julia avec soulagement.

— Regardez! Je crois que Charlie et Chloé viennent se présenter aux gnomes, dit Karine en écarquillant les yeux.

Les deux requins-baleines semblent avoir remarqué la scène et ils se dirigent droit vers les gnomes!

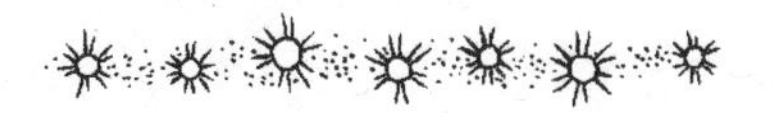

Ceux-ci lèvent soudainement les yeux et voient les énormes têtes de Charlie et de Chloé surgir devant eux. Dans un sursaut de frayeur, ils s'éloignent en nageant aussi vite qu'ils le peuvent. Mais les requins les suivent par curiosité.

— Oh non! Les requins ne vont pas les manger, n'est-ce pas? crie Karine d'un ton anxieux.

Rachel éclate de rire.

— Mais non, dit-elle en désignant la plaque d'information devant elle. Il est dit ici que les requins-baleines sont des animaux qui filtrent l'eau à travers leurs branchies pour se nourrir. Ils retiennent ainsi les particules organiques en suspension.

Elle sourit et ajoute :

— Ils ne sont absolument pas dangereux. Ce qu'ils mangent doit être minuscule pour pouvoir passer à travers leurs branchies. Ils ne

pourraient pas manger les gnomes même s'ils le voulaient.

Julia ne peut s'empêcher de rire devant le spectacle des gnomes affolés.

— Quelque chose me dit que les gnomes ne le savent pas.

— On dirait bien que le drapeau ne se trouve pas là, de toute façon, réplique Karine en souriant pendant que les gnomes se débattent pour remonter à la surface. Y a-t-il d'autres aquariums avec des baleines dans le guide, Rachel?

— Oui, il y a un aquarium avec un béluga. Nous devons traverser le tunnel sous-marin pour nous y rendre. Par ici!

Rachel les fait sortir de la salle et les emmène dans un immense tunnel bien éclairé où une foule de personnes regarde tout autour. Les côtés et le dessus du tunnel sont en verre épais. Les fillettes ralentissent le pas et s'émerveillent devant les nombreux poissons aux couleurs vives, les raies

pastenagues et les tortues qui nagent juste au-dessus de leurs têtes. Une grosse tortue verte se dirige vers Karine près de la vitre et semble lui faire un clin d'œil amical. Karine fait un signe de la main et lui sourit de l'autre côté de la paroi de verre.

— Nous ferions mieux d'essayer de trouver les bélugas, dit-elle après quelques minutes.

Elle quitte le tunnel à contrecœur, mais elle sait qu'il est plus important de trouver le drapeau.

— Nous pourrons toujours revenir plus tard…

Juste à ce moment-là, Rachel laisse échapper un petit cri et montre du doigt quelque chose qui se trouve dans l'aquarium à la sortie du tunnel. Il s'agit de l'épave d'un navire de pirates. Les poissons entrent et sortent de l'épave à leur gré. Karine s'approche et voit le nom du bateau inscrit sur le côté de la coque : *La baleine!*

— C'est peut-être la baleine que nous recherchons! murmure Karine, tout excitée. Tu as de bons yeux, Rachel!

— Oui, et regardez ce qu'il y a sur le mât, renchérit Rachel d'un ton joyeux. Le drapeau de Julia!

Karine et Julia lèvent les yeux vers les voiles du navire. Le drapeau du jeudi ondule doucement dans l'eau au sommet du mât! Il a une belle couleur rose poudre avec un gros soleil étincelant au milieu.

— Nous l'avons trouvé! déclare Julia d'un ton plein d'enthousiasme. C'est merveilleux!

Karine donne un coup de coude à Rachel.

— Regarde, il y en a d'autres qui sont sur le point de le trouver aussi, murmure-t-elle

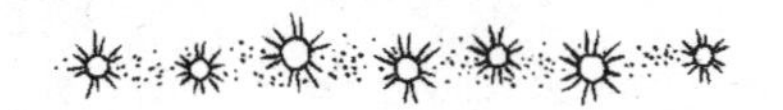

d'un air désemparé.

Rachel et Julia se retournent et voient trois gnomes vêtus comme des garçonnets qui pénètrent dans le tunnel.

— Oh non! souffle Julia, angoissée. Il ne faut pas qu'ils voient le drapeau!

Un sourire illumine soudain le visage de Karine.

— J'ai une idée, dit-elle à voix basse. Ne regardez pas le bateau, d'accord?

Rachel acquiesce d'un signe de tête et se tourne vers un étrange poisson de la couleur du sable, qui s'élève lentement dans l'eau.

— D’accord, murmure-t-elle.

— Je m’en doutais, déclare Karine à Rachel à haute voix en faisant semblant de ne pas avoir remarqué les gnomes tout près d’elles. Je sais exactement où doit être le drapeau du jeudi!

Du coin de l’œil, Rachel voit que les trois gnomes ralentissent leur allure pour écouter ce que dit Karine. Elle sourit et entre dans le jeu de sa brillante amie.

— Ah bon? Et où est-il? s’empresse-t-elle de

demander.

— Eh bien, le poème dit que c'est sur le dos d'une baleine, n'est-ce pas? ajoute Karine. Et l'aquarium où se trouve le béluga est à la sortie de ce tunnel!

Les gnomes se précipitent aussitôt. Ils traversent le tunnel en courant et en ricanant, si bien qu'ils ne voient pas le bateau de pirates et encore moins le drapeau du jeudi!

Julia sort en voletant de la poche de Karine avec un grand sourire.

— Ton plan a fonctionné! s'écrie-t-elle joyeusement.

Karine sourit, elle aussi.

— Espérons que cela gardera les gnomes occupés tout le temps qu'il nous faudra pour récupérer le drapeau!

Au même instant, un message est diffusé par le système de communication : « Nous allons nourrir les loutres marines dans cinq minutes. Nous vous invitons à vous rendre devant l'aquarium qui leur est réservé, si vous voulez assister à leur repas. »

Les autres visiteurs qui se trouvent dans le tunnel se dirigent lentement vers le bassin des loutres.

— Parfait, murmure Julia en se cachant derrière les cheveux de Karine. Maintenant la voie est libre pour aller récupérer le drapeau!

Elle agite sa baguette au-dessus des deux fillettes et un flot d'étincelles roses tourbillonne et virevolte au-dessus d'elles. Rachel et Karine rapetissent jusqu'à ce qu'elles atteignent la même taille que Julia. Elles sourient lorsqu'elles voient les ailes scintillantes accrochées dans leur dos. Elles sont redevenues des fées!

— Puisque nous devons aller sous l'eau, je vous ai également donné certains pouvoirs magiques, leur dit Julia. Il vous sera donc toujours possible de respirer, même sous l'eau.

— Comment allons-nous entrer? demande Rachel en battant des ailes avec excitation.

Julia vole déjà devant et se dirige vers une porte au bout du tunnel, sur laquelle est accroché un panneau indiquant RÉSERVÉ AUX EMPLOYÉS.

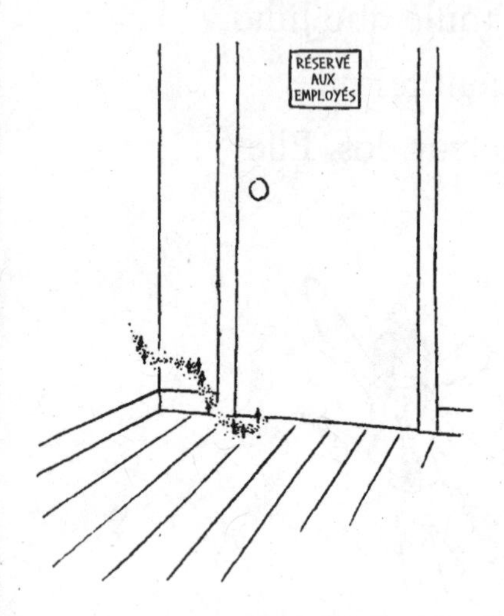

— Par ici! dit-elle.

Karine, Rachel et Julia se glissent dans une ouverture sous la porte. De l'autre côté, elles voient de grandes échelles qui montent jusqu'en haut de l'aquarium. Karine suppose qu'elles servent à nourrir les animaux. L'aquarium est ouvert en haut; les trois amies volent vers le haut et passent par-dessus les côtés.

Splash! Splash! Splash! Elles plongent dans l'eau, qui est chaude et agréable.

— Maintenant que je peux respirer sous l'eau, je me sens comme une sirène, lance Rachel d'un ton joyeux tandis qu'elles s'enfoncent vers le navire.

Un banc de poissons argentés les croise en leur lançant des regards étonnés.

— Bonjour, leur dit Karine amicalement. Nous allons simplement chercher quelque chose. Ne vous inquiétez pas.

— Le voilà, dit Rachel en s'approchant du bateau.

Karine la rejoint et ensemble, les fillettes détachent soigneusement le drapeau qui brille au haut du mât.

Puis, elles remontent vers Julia en tirant le drapeau derrière elles.

— Merci, dit Julia, les yeux brillants de bonheur.

Elle touche le drapeau du jeudi de sa baguette magique et il rétrécit jusqu'à reprendre sa taille initiale, celle du royaume des fées. Puis, elle agite de nouveau sa baguette et un tourbillon d'étincelles roses danse dans l'eau et va se déposer sur le bateau.

En quelques secondes, un nouveau drapeau est attaché au mât.

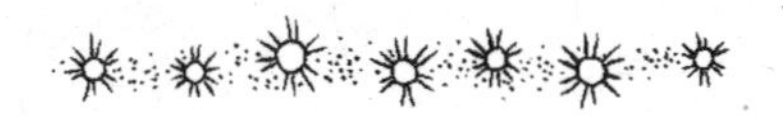

Ce drapeau a un motif rose et argent légèrement différent.

— Nous avons réussi! s'écrie Karine. Sortons de là!

Mais tandis que son amie parle, Rachel pousse un cri. Quatre gnomes plongeurs viennent de sortir de l'épave!

L'un d'eux remarque le drapeau que Julia tient dans ses mains. Il le montre du doigt d'un air furieux et nage précipitamment vers les fillettes, suivi par ses trois compères.

— Vite! souffle Rachel tandis que les trois amies s'éloignent en nageant aussi vite que possible.

Mais elles sont si petites que les gnomes ne tardent pas à les rattraper. Rachel s'aperçoit qu'il ne reste que quelques secondes avant qu'elles soient encerclées... et prises au piège!

Karine tombe de fatigue. Mais soudain, la tortue qu'elle avait saluée plus tôt passe tout près. Elle se dirige à toute vitesse vers Julia et semble lui dire quelque chose.

— Oh merci! réplique Julia après un moment d'un air soulagé.

Puis elle s'adresse aux fillettes :

— La tortue offre de nous emmener sur son dos!

— Oh oui, s'il vous plaît!

Karine et Rachel acceptent avec reconnaissance. Elles grimpent sur la carapace verte de la tortue alors que les gnomes se rapprochent. Julia les rejoint et la tortue agite aussitôt ses puissantes nageoires. Bientôt, le groupe fend les eaux à toute vitesse. En quelques secondes, les gnomes sont loin derrière.

La tortue regarde les trois amies et ses yeux pleins de gentillesse se mettent à briller. Julia sourit.

— Elle vient de me dire qu'elle va emmener les gnomes faire un petit tour, explique-t-elle à Karine et à Rachel.

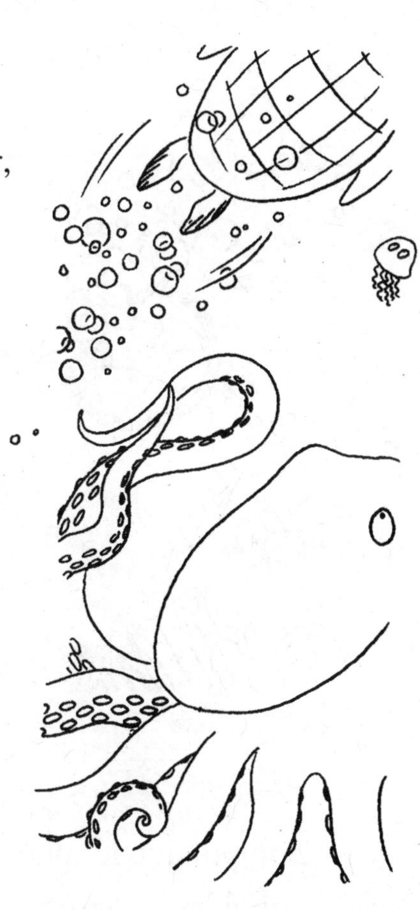

Rachel sourit. Les gnomes se font distancer de plus en plus.

La tortue nage à toute vitesse en zigzaguant entre les rochers, passe au-dessus des coraux rouge brillant et croise une grosse pieuvre qui paraît surprise.

— Ils sont toujours à notre poursuite, dit Karine en regardant autour d'elle.

Mais il est évident que les gnomes commencent à être fatigués. L'un d'entre eux a déjà abandonné. Il s'est effondré sur un rocher et il observe les autres. Les trois gnomes restants nagent beaucoup moins vite, à présent. Ils semblent se disputer pour savoir qui est responsable d'avoir laissé s'échapper les fillettes et la fée avec le drapeau. Karine se rend compte que les gnomes ne seront jamais capables de les attraper maintenant. Alors,

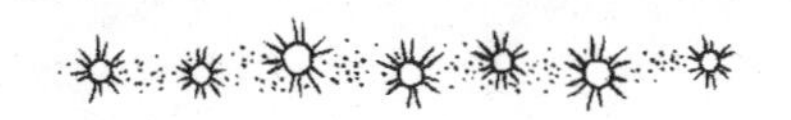

elle pousse un soupir de soulagement. La tortue nage doucement jusqu'à la surface de l'eau. Karine, Rachel et Julia descendent de la carapace et se laissent glisser dans l'eau.

— Merci beaucoup, lui dit Julia.

— Oui, merci, ajoute Rachel. Non seulement tu nous as sauvées, mais tu as aussi sauvé le drapeau du jeudi.

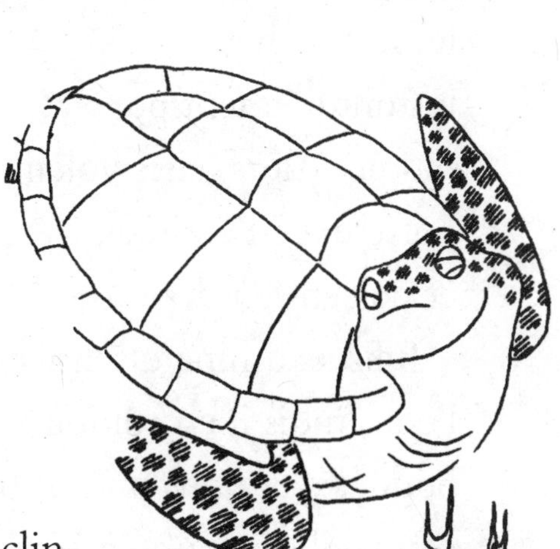

— Au revoir, s'écrie Karine en lui faisant une caresse.

La tortue leur sourit et leur fait un clin d'œil, cette fois cela ne fait aucun doute, puis elle s'éloigne en nageant majestueusement.

Karine, Rachel et Julia escaladent l'aquarium pour en sortir. Puis elles secouent leurs ailes lourdes et toutes mouillées. Mais d'un coup de baguette, Julia les fait sécher instantanément par magie. Alors, elles volent vers le bas de la porte avec l'écriteau RÉSERVÉS AUX EMPLOYÉS et passent en dessous.

Julia examine attentivement le tunnel sous l'eau, mais il est toujours vide. D'un coup de baguette et dans un tourbillon d'étincelles roses, elle redonne à Karine et à Rachel leur taille normale.

Puis, elle leur adresse un sourire et leur annonce :

— Je ferais mieux de retourner au royaume des fées pour recharger ma baguette magique maintenant. Je pourrai alors redonner un peu de piquant au jeudi!

Elle s'élève dans les airs, vole jusqu'à la montre de Rachel et leur dit :

— Si vous vous dépêchez, vous arriverez à temps pour assister au repas des loutres.

— Merci, dit Karine. Au revoir, Julia! Nous avons été très heureuses de te revoir.

Julia envoie un baiser à chacune d'elles et disparaît dans un tourbillon d'étincelles roses. Rachel et Karine savent que Julia doit rendre le drapeau du jeudi à Francis. Celui-ci pourra l'attacher au mât de la Tour du temps et le hisser. Julia se tiendra au milieu de l'horloge géante qui se trouve au centre de la cour

intérieure de la Tour du temps et lèvera sa baguette. Au moment où les rayons du soleil frapperont le motif brillant du drapeau du jeudi, un flot d'étincelles magiques jaillira et la baguette de Julia se trouvera rechargée de la magie puissante des jours de la semaine.

— J'espère qu'elle pourra vite recharger sa baguette, dit Rachel à voix basse tandis qu'elles entrent dans la salle où se trouvent les loutres.

Karine hoche la tête et jette un coup d'œil autour d'elle.

— Regarde le monde qui se trouve ici!

La salle est divisée en deux par une paroi vitrée. D'un côté de la salle s'étend l'habitat des loutres. Un ruisseau clapote sur des rochers et se déverse dans un grand bassin. Une foule de gens s'est rassemblée de l'autre côté de la paroi vitrée pour assister au repas des loutres. Mais personne ne semble vraiment

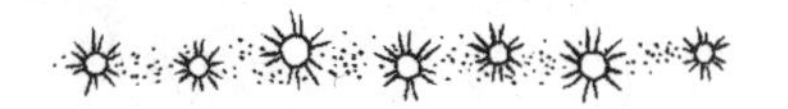

s'en réjouir. Même les loutres paraissent lasses et fatiguées. Elles sentent les petits poissons que le gardien leur tend, mais elles n'ont pas l'air d'avoir faim. Certaines font même demi-tour et retournent dans leur nid!

— Oh là là! murmure Karine. Dépêche-toi, Julia. Viens à la rescousse! Personne ne s'amuse ici.

Le gardien fronce les sourcils et les fillettes l'entendent marmonner :

— Je me demande ce qui ne va pas. D'habitude, ces loutres sont de vrais boute-en-train.

Au même moment, Rachel remarque des étincelles roses derrière l'habitat des loutres.

Elle donne un coup de coude à Karine.

— Je crois que Julia est déjà revenue, annonce-t-elle en souriant. Je suis certaine d'avoir vu des signes de la magie des fées.

À ces mots, les loutres commencent à se réveiller et se secouent. Elles plongent dans l'eau joyeusement en faisant des éclaboussures pour aller chercher les poissons que le gardien leur lance. Leurs têtes lisses et foncées sortent de l'eau, puis plongent encore dès qu'un nouveau poisson tombe dans le bassin. Presque aussitôt, la foule sourit devant leurs acrobaties.

— Elles sont adorables, dit Rachel d'un ton

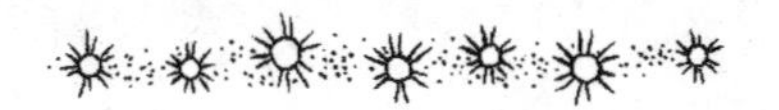

joyeux. Et regarde comme tout le monde s'amuse maintenant.

— Julia a bien utilisé sa magie, s'écrie Karine en riant. Oh, la voilà!

Les fillettes se précipitent vers la petite fée qui sort de sa cachette derrière un rocher et

leur fait signe de la main. Puis, elle disparaît dans un tourbillon d'étincelles roses.

Rachel regarde sa montre.

— Quelle aventure fabuleuse! déclare-t-elle en souriant. Il nous reste encore du temps avant de devoir rejoindre maman et papa.

— Alors, nous pouvons rester un peu pour regarder les loutres et ensuite aller voir autre chose, dit Karine.

Elle sourit à Rachel et poursuit :

— J'ai entendu dire que le spectacle avec les bélugas vaut vraiment la peine d'être vu.

— Oh, oui, réplique Rachel en riant. Nous devons absolument voir ça!

L'ARC-EN-CIEL magique

LES FÉES DES JOURS DE LA SEMAINE

Lina, Mia, Maude et Julia
ont récupéré leur drapeau.
Maintenant, Rachel et Karine
doivent aider

Valérie,
la fée du vendredi!

— Voici la recette, dit Rachel Vallée en montrant un livre de cuisine à sa meilleure amie, Karine Taillon. Appétissant n'est-ce pas?

Karine acquiesce d'un signe de tête.

— J'aime beaucoup les bonshommes en pain d'épice!

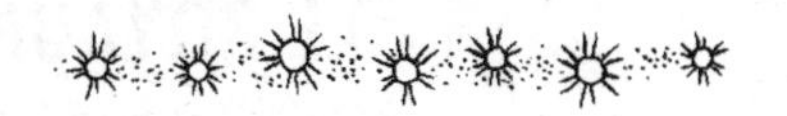

À ce moment-là, la mère de Rachel entre dans la cuisine.

— Nous devrions commencer, les filles, dit-elle.

— Maman, nous n'avons plus d'œufs, annonce Rachel.

— Et il n'y a plus de farine dans l'armoire, ajoute Karine.

— C'est bizarre, dit Mme Vallée en secouant la tête. Je suis sûre que j'ai vu l'emporte-pièce il y a quelques jours. Il est peut-être en haut, dans le grenier. Je vais aller regarder.

Rachel soupire en voyant sa mère quitter la cuisine.

— Ce n'est pas drôle du tout.

— Tu sais pourquoi, n'est-ce pas? fait remarquer Karine. Nous sommes vendredi et le drapeau de Valérie, la fée du vendredi, n'a pas encore été retrouvé!

LE ROYAUME DES FÉES N'EST JAMAIS TRÈS LOIN!

Dans la même collection

Déjà parus :

LES FÉES DES PIERRES PRÉCIEUSES

India, la fée des pierres de lune
Scarlett, la fée des rubis
Émilie, la fée des émeraudes
Chloé, la fée des topazes
Annie, la fée des améthystes
Sophie, la fée des saphirs
Lucie, la fée des diamants

LES FÉES DES ANIMAUX

Kim, la fée des chatons
Bella, la fée des lapins
Gabi, la fée des cochons d'Inde
Laura, la fée des chiots
Hélène, la fée des hamsters
Millie, la fée des poissons rouges
Patricia, la fée des poneys

LES FÉES DES JOURS DE LA SEMAINE

Lina, la fée du lundi
Mia, la fée du mardi
Maude, la fée du mercredi
Julia, la fée du jeudi

À venir :

Valérie, la fée du vendredi
Suzie, la fée du samedi
Daphné, la fée du dimanche